金毘羅

曽根 崇 句集

青磁社

花みごと桜紅葉のまたみごと

櫂

金毘羅＊目次

序句　長谷川櫂　1

Ⅰ　7
Ⅱ　51
Ⅲ　81
Ⅳ　109
Ⅴ　139
Ⅵ　159
Ⅶ　181

あとがき　201

季語索引　202
初句索引　212

曽根崇句集

金毘羅

I

春聯の対句に春の来たりけり

白魚の嘆きの声か水さわぐ

薄氷のひかりはじめはとけはじめ

うすらひのまぶしくなりぬ田の表

紅白の枝さし交はし梅ふふむ

一輪のはぢらふごとく梅咲きぬ

山かげの梅まだ一分西行庵

けさ梅の一気に咲いて数知れず

梅の寺ときをり人の登り来る

紅梅をほめて縁より来診す

熊野路や鶯遠くまた遠く

軽く筆触れて開眼雛のかほ

鋤き返す土にあまねく春日かな

鍬立てて春の夕日を拝みけり

たはむれに摘みしわらびの掌に余る

すかんぽを嚙めば故郷の山河あり

すかんぽを噛みつつ昔話せん

全員で連凧を揚げ卒業す

卒業の花抱いて乗る渡し舟

春潮に乗つて真つ白実習船

春潮を大きく回しフェリー着く

芽柳や三日さぼりし朝歩き

棟上げの棟をかすめて初燕

初花の一枝長し水の上

いづれかが先立つさだめ草の餅

ひとむらのすみれ遍路の墓とかや

練達の筆軽やかに椿描く

田窪恭治画伯、金毘羅宮白書院に

白書院椿の森にゐるごとく

葉隠れに紅き椿の花数多

蝶一つ消えたる空の深みかな

勝爪のうなりて糸を催促す

島一つひつぱつてゐる凧《いかのぼり》

今朝名前もらひて眠る子猫かな

思ひ出の路地たどりゆく朧かな

花の声たどりてゆけば西行堂

金毘羅を打ち留めとせん花の旅

亀の甲ふたひらみひら花の塵

ころがつて風を追ひゆく落花かな

友禅を流す花びら流れゆく

花吹雪迷惑さうな猿のかほ

塗り終へて畦のきらめく棚田かな

波音や宇宙さまよふ大朝寝

II

木の香り草の香りの五月来ぬ

四万十の風とよもせる幟かな

草笛の素直な音となりにけり

草笛やあとかたもなき我が母校

白き花こぼれて路地は風薫る

のぼりゆく道幾曲り花みかん

海照るや一村すべて花みかん

母の日や母は着替へてはや厨

蕗剝くやさみどりの糸紡ぐごと

全力で城押し上ぐる若葉かな

野茨咲いて龍馬脱藩山の道

鹿の子や人が通れば人を見る

麦秋の思ひ出遠しはらからも

白峯は水木の花をゆらす風

白峯の水の誉れや心太

白峯や谿へなだるる著莪の花

もうひとつ山越すつもり更衣

安芸の宮島

大鳥居てつぺん見しか夏燕

六月十三日正午　満濃池の閘《ゆる》抜き

野あやめにもんどり打つて水奔る

蓋取ればば柚の花二つけさの椀

夕風に溺れさうなる早苗かな

舞ひ降りし鷺と眼の合ふ田植かな

別々の田にゐて夫婦田植かな

植ゑてはや五日の水田風のみち

いづこより螢を胸に妻戻る

この庭は妻の領分茄子の花

えご散つて仏足石をかをらせる

Ⅲ

雨あがる空縦横に揚羽とぶ

霊山の水に遊べる金魚かな

夏草やもう闘へぬ丈となり

小豆島

伝馬舟上手に漕ぐ子島は夏

百歳のオリーブの樹や島の夏

花楝真青の空を覆ふべく

六瓢図掛けて我家の夏越かな

形代の行方は知らず水の果

田の守り鷺にまかせて昼寝かな

ときをりは舷灯見ゆる端居かな

竹の葉のかすかにひびく端居かな

路地青き海へと抜けて涼しさよ

路地裏は風の抜け道うちは干す

合歓の花弘法大師暮れたまふ

涼み台宇宙の果にゐたりけり

雲の峰父より老いて父憶ふ

まちかねてをりし夕立二三粒

まろび寝の妻より紫蘇の匂ひたつ

任されてゐて生き甲斐の梅を干す

干梅の皺たしかめて寝るとせん

梅漬が終はればもとの無為の母

慟哭の戦中日記曝しけり

浜木綿や砂山よりも小屋低く

蘆青き瀬戸の夕凪はじまりぬ

素うどんのうまくなりけり夜の秋

とうすみのしろがねの打つ水面かな

Ⅳ

新涼や十も二十も茄子の花

朝ごとに会ふ娘さん白木槿

七十一番札所弥谷寺

かなかなの道をたどれば俳句茶屋

秋暑し道へ這ひだす葛の蔓

風鈴に音なき昼や終戦日

かけてすぐ拭ふ眼鏡や秋暑し

盆の僧一人駆け込む渡し舟

作業着の人のちらほら盆踊

流灯会降りだして人ばらばらに

濡れし手を合はせてしばし流灯会

今朝の田に香り満ちけり稲の花

蕎麦の花讃岐といへど山ふかく

友逝きてはや百日の瓢かな

二番瀬の波は野分の名残かな

朝から竹伐つてゐる響きかな

竹伐つて風邪ひきさうな庵かな

石鎚の水あふらせて新豆腐

竜胆の花の日和の続きけり

葬のあと村をしづかに月照らす

わがことと思へぬままに敬老日

泥つけて鳴門金時芋届く

あちこちに杭打たれたる花野かな

秋蝶の来てまた庭を巡りゐる

戸を繰るや萩の初花二つ三つ

白萩の花の勤行はじまりぬ

白萩を遠目に仏彫りすすむ

木犀や大和におはす阿修羅仏

V

秋の夜や仕上げに入る舟大工

晩成も大器ならざる南瓜かな

山水に浮かべて洗ふ貝割菜

水澄むや蜂の巣残る橋の裏

いちじくのはげしき雨となりゐたり

籾一つ噛んではじめる落し水

そのむかし坑夫なりしと秋遍路

一筵茸を干すや山日和

この山の猪のあそべる良夜かな

灯のついて二階に声や十三夜

介護のもの部屋にあふれて夜長き

大樟へ光のつぶて小鳥かな

柚子の実の熟れてこんなにありしとは

掌にあたたかき搗きたての今年米

駅通りぱつと灯の点く秋の暮

破芭蕉いつもどこかが動きをり

昼からの雨のつめたき紅葉かな

石鎚は神代もかくや紅葉せる

Ⅵ

雪舟の鼠の寺の冬構

笹鳴や塀なき寺のそこかしこ

あめつちのしじまに一つ返り花

屋島いま日のあたりゐて時雨かな

今日ばかり時雨降らすな五岳山

何しても落ち着かぬ日や落葉掃く

木枯や吹き残されし柿の蔕

曳き売りの鰈にはねる霰かな

浮寝鳥川も眠つてゐるところ

荒野より鷹の摑んでゆきしもの

枯るるものみな枯れはてて天に鷲

一羽翔ちつぎつぎに鴨みな翔ちぬ

掛大根眼前に何悟れとや

かるみにはまだまだ遠し炬燵守る

窯の口雪をこぼして薪ほどく

熱燗や荒波けふは昂るか

榾煙うぶすなに友老いにけり

湯豆腐やあるごとくなきごとく

雑踏や誰も気づかぬ冬の虹

入院の空白多き日記果つ

VII

初空やほがらに八十路踏み出さん

わが干支と思へば親し嫁が君

手をあげて一生の半ば御慶かな

うぶすなに若水の井戸とうになし

一炊の夢と思へど初日記

おとろへし髀肉いとしむ初湯かな

やうやくに老いの二人の四日かな

道場の厨華やぐ初稽古

よごれたる紐は自慢の喧嘩独楽

左義長の酒ふるまふや姫達磨

目玉二つ離れて鰈煮凝れる

生きすぎの死におくれのと薬喰

日向ぼこもう来ぬ人の席空けて

三食に薬付く身や春を待つ

蠟梅やいつかあがりし今朝の雨

水仙や昼を過ぎたる波の音

心中の鬼にも打たん年の豆

あとがき

俳句を初めて十年ほど経った頃、長谷川櫂先生の『古池に蛙は飛びこんだか』を読んで、俳句の奥深さを知り古志に入会しました。

句集上梓に当たっては長谷川櫂先生に古志掲載句、ネット句会の入選句から選んでいただきました。先生からは身に余る序句をたまわり、句集名もサジェストいただきました。心から御礼申し上げます。

出版の労をおとりいただきました青磁社の永田淳様、装丁の加藤恒彦様には大変お世話になりありがとうございました。

この句集を礎に今後の人生がより豊かなものになればと念じております。

平成二十八年　秋

曽根　崇

季語索引

あ行

秋の暮【あきのくれ】（秋）
駅通りぱつと灯の点く秋の暮　一五五
秋の蝶【あきのちょう】（秋）
秋蝶の来てまた庭を巡りゐる　一三三
秋の夜【あきのよ】（秋）
秋の夜や仕上げに入る舟大工　一四一
秋遍路【あきへんろ】（秋）
そのむかし坑夫なりしと秋遍路　一四七
朝寝【あさね】（春）
波音や宇宙さまよふ大朝寝　五〇
畦塗【あぜぬり】（春）
塗り終へて畦のきらめく棚田かな　四九
熱燗【あつかん】（冬）
熱燗や荒波けふは昂るか　一七六
渓蓀【あやめ】（夏）
野あやめにもんどり打つて水奔る　七一
霰【あられ】（冬）
曳き売りの鰈にはねる霰かな　一六八
無花果【いちじく】（秋）
いちじくのはげしき雨となりゐたり　一四五
糸蜻蛉【いととんぼ】（夏）
とうすみのしろがねの打つ水面かな　一〇八
稲の花【いねのはな】（秋）
今朝の田に香り満ちけり稲の花　一二一
茨の花【いばらのはな】（夏）
野茨咲いて龍馬脱藩山の道　六三
鶯【うぐいす】（春）
熊野路や鶯遠くまた遠く　一九
薄氷【うすらい】（春）
うすらひのまぶしくなりぬ田の表　一二

薄氷のひかりはじめはとけはじめ　一一

団扇【うちわ】（夏）

路地裏は風の抜け道うちは干す　九五

梅【うめ】（春）

一輪のはぢらふごとく梅咲きぬ　一四

梅の寺ときをり人の登り来る　一七

けさ梅の一気に咲いて数知れず　一六

紅白の枝さし交はし梅ふふむ　一三

山かげの梅まだ一分西行庵　一五

梅干【うめぼし】（夏）

梅漬が終はればもとの無為の母　一〇三

干梅の皺たしかめて寝るとせん　一〇二

任されてゐて生き甲斐の梅を干す　一〇一

えごの花【えごのはな】（夏）

えご散つて仏足石をかをらせる　七九

楝の花【おうちのはな】（夏）

花楝真青の空を覆ふべく　八八

落葉【おちば】（冬）

何しても落ち着かぬ日や落葉掃く　一六六

落し水【おとしみず】（秋）

籾一つ噛んではじめる落し水　一四六

踊【おどり】（秋）

作業着の人のちらほら盆踊　一一八

朧【おぼろ】（春）

思ひ出の路地たどりゆく朧かな　四二

か行

貝割菜【かいわりな】（秋）

山水に浮かべて洗ふ貝割菜　一四三

帰り花【かえりばな】（冬）

あめつちのしじまに一つ返り花　一六三

風薫る【かぜかおる】（夏）

白き花こぼれて路地は風薫る　五七

鹿の子【かのこ】（夏）

鹿の子や人が通れば人を見る　六四

南瓜【かぼちゃ】（秋）

晩成も大器ならざる南瓜かな　一四二
鴨【かも】（冬）
一羽翔ちつぎつぎに鴨みな翔ちぬ　一七二
茸【きのこ】（秋）
一筵茸を干すや山日和　一四八
御慶【ぎょけい】（新年）
手をあげて一生の半ば御慶かな　一八五
金魚【きんぎょ】（夏）
霊山の水に遊べる金魚かな　八四
草笛【くさぶえ】（夏）
草笛の素直な音となりにけり　五五
草笛やあとかたもなき我が母校　五六
草餅【くさもち】（春）
いづれかが先立つさだめ草の餅　三三
薬喰【くすりぐい】（冬）
生きすぎの死におくれのと薬喰　一九四
雲の峰【くものみね】（夏）
雲の峰父より老いて父憶ふ　九八
稽古始【けいこはじめ】（新年）
道場の厨華やぐ初稽古　一九〇
敬老の日【けいろうのひ】（秋）
わがことと思へぬままに敬老日　一三〇
紅梅【こうばい】（春）
紅梅をほめて縁より来診す　一八
凩【こがらし】（冬）
木枯や吹き残されし柿の蔕　一六七
炬燵【こたつ】（冬）
かるみにはまだまだ遠し炬燵守る　一七四
小鳥【ことり】（秋）
大樟へ光のつぶて小鳥かな　一五二
独楽【こま】（新年）
よごれたる紐は自慢の喧嘩独楽　一九一
更衣【ころもがえ】（夏）
もうひとつ山越すつもり更衣　六九

さ行

左義長【さぎちょう】（新年）
左義長の酒ふるまふや姫達磨　一九二
笹鳴【ささなき】（冬）
笹鳴や塀なき寺のそこかしこ　一六二
皐月【さつき】（夏）
木の香り草の香りの五月来ぬ　五三
甘藷【さつまいも】（秋）
泥つけて鳴門金時芋届く　一三一
早苗【さなえ】（夏）
夕風に溺れさうなる早苗かな　七三
残暑【ざんしょ】（秋）
秋暑し道へ這ひだす葛の蔓　一一四
かけてすぐ拭ふ眼鏡や秋暑し　一一六
時雨【しぐれ】（冬）
今日ばかり時雨降らすな五岳山　一六五
屋島いま日のあたりゐて時雨かな　一六四
紫蘇【しそ】（夏）
まろび寝の妻より紫蘇の匂ひたつ　一〇〇
著莪の花【しゃがのはな】（夏）
白峯や谿へなだるる著莪の花　六八
終戦記念日【しゅうせんきねんび】（秋）
風鈴に音なき昼や終戦日　一一五
春潮【しゅんちょう】（春）
春潮に乗つて真つ白実習船　二八
春潮を大きく回しフェリー着く　二九
白魚【しらうお】（春）
白魚の嘆きの声か水さわぐ　一〇
新豆腐【しんどうふ】（秋）
石鎚の水あふらせて新豆腐　一二七
新米【しんまい】（秋）
掌にあたたかき搗きたての今年米　一五四
新涼【しんりょう】（秋）
新涼や十も二十も茄子の花　一一一
水仙【すいせん】（冬）
水仙や昼を過ぎたる波の音　一九八
酸葉【すいば】（春）

すかんぽを噛みつつ昔話せん　二五
すかんぽを噛めば故郷の山河あり　二四
涼し【すずし】（夏）
路地青き海へと抜けて涼しさよ　九四
納涼【すずみ】（夏）
涼み台宇宙の果にゐたりけり　九七
菫【すみれ】（春）
ひとむらのすみれ遍路の墓とかや　三四
卒業【そつぎょう】（春）
全員で連凧を揚げ卒業す　二六
卒業の花抱いて乗る渡し舟　二七
蕎麦の花【そばのはな】（秋）
蕎麦の花讃岐といへど山ふかく　一二二

た行

大根干す【だいこんほす】（冬）
掛大根眼前に何悟れとや　一七三
田植【たうえ】（夏）
植ゑてはや五日の水田風のみち　七六
別々の田にゐて夫婦田植かな　七五
舞ひ降りし鷺と眼の合ふ田植かな　七四
鷹【たか】（冬）
荒野より鷹の摑んでゆきしもの　一七〇
竹伐る【たけきる】（秋）
朝から竹伐つてゐる響きかな　一二五
竹伐つて風邪ひきさうな庵かな　一二六
凧【たこ】（春）
勝凧のうなりて糸を催促す　三九
島一つひとつぱつてゐる凧　四〇
蝶【ちょう】（春）
蝶一つ消えたる空の深みかな　三八
月【つき】（秋）
葬のあと村をしづかに月照らす　一二九
椿【つばき】（春）
白書院椿の森にゐるごとく　三六
葉隠れに紅き椿の花数多　三七

練達の筆軽やかに椿描く　三五

燕【つばめ】（春）

棟上げの棟をかすめて初燕　三一

灯籠流【とうろうながし】（秋）

濡れし手を合はせてしばし流灯会　一二〇

流灯会降りだして人ばらばらに　一一九

心太【ところてん】（夏）

白峯の水の誉れや心太　六七

な行

夏越の祓【なごしのはらえ】（夏）

六瓢図掛けて我家の夏越かな　八九

茄子の花【なすのはな】（夏）

この庭は妻の領分茄子の花　七八

夏【なつ】（夏）

伝馬舟上手に漕ぐ子島は夏　八六

百歳のオリーブの樹や島の夏　八七

夏草【なつくさ】（夏）

夏草やもう闘へぬ丈となり　八五

夏燕【なつつばめ】（夏）

大鳥居てつぺん見しか夏燕　七〇

夏の蝶【なつのちょう】（夏）

雨あがる空縦横に揚羽とぶ　八三

煮凝【にこごり】（冬）

目玉二つ離れて鰈煮凝れる　一九三

日記始【にっきはじめ】（新年）

一炊の夢と思へど初日記　一八七

猫の子【ねこのこ】（春）

今朝名前もらひて眠る子猫かな　四一

合歓の花【ねむのはな】（夏）

合歓の花弘法大師暮れたまふ　九六

後の月【のちのつき】（秋）

灯のついて二階に声や十三夜　一五〇

幟【のぼり】（夏）

四万十の風とよもせる幟かな　五四

野分【のわき】（秋）

二番瀬の波は野分の名残かな　一二四

は行

萩【はぎ】（秋）
白萩の花の勤行はじまりぬ　一三五
白萩を遠目に仏彫りすすむ　一三六
戸を繰るや萩の初花二つ三つ　一三四
端居【はしい】（夏）
竹の葉のかすかにひびく端居かな　九三
ときをりは舷灯見ゆる端居かな　九二
初空【はつぞら】（新年）
初空やほがらに八十路踏み出さん　一八三
初花【はつはな】（春）
初花の一枝長し水の上　三二
初湯【はつゆ】（新年）
おとろへし脾肉いとしむ初湯かな　一八八
花【はな】（春）
金毘羅を打ち留めとせん花の旅　四四
花の声たどりてゆけば西行堂　四三
花野【はなの】（秋）
あちこちに杭打たれたる花野かな　一三二
花の塵【はなのちり】（春）
亀の甲ふたひらみひら花の塵　四五
花吹雪【はなふぶき】（春）
花吹雪迷惑さうな猿のかほ　四八
母の日【ははのひ】（夏）
母の日や母は着替へてはや厨　六〇
浜木綿の花【はまゆうのはな】（夏）
浜木綿や砂山よりも小屋低く　一〇五
春の日【はるのひ】（春）
鍬立てて春の夕日を拝みけり　二三
鋤き返す土にあまねく春日かな　二一
春待つ【はるまつ】（冬）
三食に薬付く身や春を待つ　一九六
蜩【ひぐらし】（秋）
かなかなの道をたどれば俳句茶屋　一一三

日向ぼこり【ひなたぼこり】（冬）
日向ぼこもう来ぬ人の席空けて　一九五
雛祭【ひなまつり】（春）
軽く筆触れて開眼雛のかほ　二〇
昼寝【ひるね】（夏）
田の守り鷺にまかせて昼寝かな　九一
蕗【ふき】（夏）
蕗剝くやさみどりの糸紡ぐごと　六一
瓢【ふくべ】（秋）
友逝きてはや百日の瓢かな　一二三
冬構【ふゆがまえ】（冬）
雪舟の鼠の寺の冬構　一六一
冬の虹【ふゆのにじ】（冬）
雑踏や誰も気づかぬ冬の虹　一七九
古日記【ふるにっき】（冬）
入院の空白多き日記果つ　一八〇
榾【ほた】（冬）
榾煙うぶすなに友老いにけり　一七七
蛍【ほたる】（夏）
いづこより蛍を胸に妻戻る　七七
盆【ぼん】（秋）
盆の僧一人駆け込む渡し舟　一一七

ま行

豆撒【まめまき】（冬）
心中の鬼にも打たん年の豆　一九九
蜜柑の花【みかんのはな】（夏）
海照るや一村すべて花みかん　五九
のぼりゆく道幾曲り花みかん　五八
水木の花【みずきのはな】（夏）
白峯は水木の花をゆらす風　六六
水澄む【みずすむ】（秋）
水澄むや蜂の巣残る橋の裏　一四四
水鳥【みずとり】（冬）
浮寝鳥川も眠つてゐるところ　一六九
御祓【みそぎ】（夏）

形代の行方は知らず水の果　九〇

麦の秋【むぎのあき】（夏）
麦秋の思ひ出遠しはらからも　六五

木槿【むくげ】（秋）
朝ごとに会ふ娘さん白木槿　一一二

虫干【むしぼし】（夏）
慟哭の戦中日記曝しけり　一〇四

木犀【もくせい】（秋）
木犀や大和におはす阿修羅仏　一三七

紅葉【もみじ】（秋）
石鎚は神代もかくや紅葉せる　一五八
昼からの雨のつめたき紅葉かな　一五七

や行

柳の芽【やなぎのめ】（春）
芽柳や三日さぼりし朝歩き　三〇

破芭蕉【やればしょう】（秋）
破芭蕉いつもどこかが動きをり　一五六

夕立【ゆうだち】（夏）
まちかねてをりし夕立二三粒　九九

夕凪【ゆうなぎ】（夏）
蘆青き瀬戸の夕凪はじまりぬ　一〇六

雪【ゆき】（冬）
窯の口雪をこぼして薪ほどく　一七五

柚子【ゆず】（秋）
柚子の実の熟れてこんなにありしとは　一五三

湯豆腐【ゆどうふ】（冬）
湯豆腐や影あるごとくなきごとく　一七八

柚の花【ゆのはな】（夏）
蓋取れば柚の花二つけさの椀　七二

四日【よっか】（新年）
やうやくに老いの二人の四日かな　一八九

夜長【よなが】（秋）
介護のもの部屋にあふれて夜長き　一五一

嫁が君【よめがきみ】（新年）
わが干支と思へば親し嫁が君　一八四

夜の秋【よるのあき】（夏）
素うどんのうまくなりけり夜の秋　一〇七

ら行

落花【らっか】（春）
ころがつて風を追ひゆく落花かな　四六
友禅を流す花びら流れゆく　四七
立春【りっしゅん】（春）
春聯の対句に春の来たりけり　九
良夜【りょうや】（秋）
この山の猪のあそべる良夜かな　一四九
竜胆【りんどう】（秋）
竜胆の花の日和の続きけり　一二八
蠟梅【ろうばい】（冬）
蠟梅やいつかあがりし今朝の雨　一九七

わ行

若葉【わかば】（夏）
全力で城押し上ぐる若葉かな　六二
若水【わかみず】（新年）
うぶすなに若水の井戸とうになし　一八六
鷲【わし】（冬）
枯るるものみな枯れはてて天に鷲　一七一
蕨【わらび】（春）
たはむれに摘みしわらびの掌に余る　二三

初句索引

あ

秋暑し　一一四
秋蝶の　一三三
秋の夜や　一四一
朝ごとに　一一二
蘆青き　一〇六
朝から　一二五
あちこちに　一三二
熱燗や　一七六
雨あがる　八三
あめつちの　一六三

い

生きすぎの　一九四
石鎚の　一二七
石鎚は　一五八
いづこより　七七
いづれかが　三三
いちじくの　一四五
一輪の　一四
一羽翔ち　一七二
一炊の　一八七

う

植ゑてはや　七六
浮寝鳥　一六九
うすらひの　一二
薄氷の　一一
うぶすなに　一八六
海照るや　五九
梅漬が　一〇三
梅の寺　一七

え

駅通り　一五五
えご散つて　七九

お

大樟へ　一五二
大鳥居　七〇
おとろへし　一八八
思ひ出の　四二

か

介護のもの　一五一
掛大根　一七三
かけてすぐ　一一六
形代の　九〇
勝凧の　三九
かなかなの　一一三
窯の口　一七五
亀の甲　四五
軽く筆　二〇
かるみには　一七四
枯るるもの　一七一

き

木の香り　五三
今日ばかり　一六五

く

草笛の　五五
草笛や　五六
熊野路や　一九
雲の峰　九八
鍬立てて　二三

け

けさ梅の　一六
今朝名前　四一
今朝の田に　一二一

こ

紅梅を　一八
紅白の　一一三
荒野より　一七〇
木枯や　一六七
この庭は　七八
この山の　一四九
ころがつて　四六
金毘羅を　四四

さ

左義長の　一九二
作業着の　一一八
笹鳴や　一六二
雑踏や　一七九
三食に　一九六

し

鹿の子や　六四
島一つ　四〇
四万十の　五四
春潮に　二八
春潮を　二九
春聯の　九
白魚の　一〇
白萩の　一三五
白萩を　一三六
白峯の　六七
白峯は　六六
白峯や　六八
白き花　五七
白書院　三六
心中の　一九九
新涼や　一一

す

水仙や　一九八
素うどんの　一〇七
すかんぽを
　噛みつつ昔　二五
　噛めば故郷の　二四
鋤き返す　二一
涼み台　九七

せ

雪舟の　一六一
全員で　二六
全力で　六二

そ

葬のあと　一二九
卒業の　二七
そのむかし　一四七
蕎麦の花　一二二

た

竹伐つて　一二六
竹の葉の　九三
田の守り　九一
たはむれに　二三

ち

蝶一つ　三八

て

掌にあたたかき　一五四
手をあげて　一八五
伝馬舟　八六

と

慟哭の　一〇四
道場の　一九〇
とうすみの　一〇八
ときをりは　九二
友逝きて　一二三
泥つけて　一三一
戸を繰るや　一三四

な

夏草や　八五
何しても　一六六
波音や　五〇

に

二番瀬の　一二四
入院の　一八〇

ぬ

塗り終へて　四九
濡れし手を　一二〇

ね

合歓の花　九六

の

野あやめに　七一
野茨咲いて　六三
のぼりゆく　五八

は

葉隠れに　三七
麦秋の　六五
初空や　一八三
初花の　三三
花楝　八八
花の声　四三
花吹雪　四八
母の日や　六〇
浜木綿や　一〇五
晩成も　一四二

ひ

曳き売りの　一六八
一筵　一四八
ひとむらの　三四
日向ぼこ　一九五
灯のついて　一五〇
百歳の　八七
昼からの　一五七

ふ

風鈴に　一一五
蕗剥くや　六一
蓋取れば　七二

へ

別々の　七五

ほ

干梅の　一〇二
榾煙　一七七
盆の僧　一一七

ま

舞ひ降りし　七四
任されて　一〇一
まちかねて　九九
まろび寝の　一〇〇

み

水澄むや　一四四

む

棟上げの　三一
六瓢図　八九

め

目玉二つ　一九三
芽柳や　三〇

も

もうひとつ　六九
木犀や　一三七
籾一つ　一四六

や

屋島いま　一六四
山かげの　一五
山水に　一四三
破芭蕉　一五六

ゆ

夕風に　七三
友禅を　四七
柚子の実の　一五三
湯豆腐や　一七八

よ

やうやくに　一八九
よごれたる　一九一

り

流灯会　一一九
霊山の　八四
竜胆の　一二八

れ

練達の　三五

ろ

蠟梅や　一九七
路地青き　九四
路地裏は　九五

わ

わが干支と　一八四
わがことと　一三〇

著者略歴

曽根　崇（そね　たかし）

昭和 11（1936）年 1 月	香川県三豊郡仁尾町（現三豊市）に生まれる
平成 8（1996）年 1 月	野村證券㈱を定年退職 現住所に住み俳句を学び始める。
平成 17（2005）年 7 月	古志入会 現在古志同人

現住所
〒 764-0021　香川県仲多度郡多度津町堀江 1-2-52

古志叢書第四十八篇

句集　金毘羅

初版発行日　二〇一六年十月二十七日
著　者　曽根　崇
定　価　二〇〇〇円
発行者　永田　淳
発行所　青磁社
京都市北区上賀茂豊田町四〇—一（〒六〇三—八〇四五）
電話　〇七五—七〇五—二八三八
振替　〇〇九四〇—二—一二四二二四
http://www3.osk.3web.ne.jp/~seijisya/
装　幀　加藤恒彦
印刷・製本　創栄図書印刷

ISBN978-4-86198-363-4 C0092 ¥2000E